# **Analyse** de l'œuvre

Par Kelly Carrein

# Au petit bonheur la chance

Aurélie Valognes

lePetitLittéraire.fr

# Au petit bonheur la chance

Aurélie Valognes

# Rendez-vous sur lepetitlitteraire.fr et découvrez :

Plus de 1200 analyses
Claires et synthétiques
Téléchargeables en 30 secondes
À imprimer chez soi

# AU PETIT BONHEUR LA CHANCE !

## L'AMOUR INDESTRUCTIBLE ENTRE UNE GRAND-MÈRE ET SON PETIT-FILS

- **Genre :** roman.
- **Édition de référence :** *Au petit bonheur la chance !*, Paris, Le Livre de Poche, 2019, 359 p.
- **1re édition :** 2018.
- **Thématiques :** famille, amour maternel, grands-parents, enfance, années 1960.

Un soir de juillet 1968 en Normandie, Jean, six ans, est tiré du sommeil par sa mère, Marie, qui vient de quitter son mari. Elle dépose son fils en pleine nuit chez Mémé Lucette, promettant de venir le rechercher dès qu'elle aura trouvé un logement pour eux à Paris. Pour l'enfant, c'est l'affaire de quelques jours, ou au pire quelques semaines. Mais les mois passent et Marie ne revient pas, se contentant de quelques cartes postales laconiques. Petit à petit, le garçonnet et sa grand-mère s'apprivoisent et une vraie relation d'amour s'installe entre eux. Très déçu, l'enfant rejette tout contact avec sa mère, qu'il considère comme une menteuse.

Cinq ans plus tard, Marie ramène enfin Jean à Paris, où il a du mal à s'installer dans cette nouvelle vie, entre une mère absente, un beau-père dépressif et porté sur l'alcool, et un petit frère inattendu. Il décide alors de fuguer et de retourner en Normandie près de sa grand-mère bienaimée, mais malheureusement trop âgée pour s'occuper de lui.

De nombreux commentateurs collent à Aurélie Valognes l'étiquette de « romancière feel-good » pour ses œuvres, et *Au petit bonheur la chance !* ne fait pas exception. Cependant, elle avoue elle-même préférer parler d'un roman « plein d'émotions et d'optimisme » : malgré les grandes désillusions et les séparations déchirantes qui ont jalonné son enfance, Jean se rend compte qu'il est heureux.

Comme tous ses romans, *Au petit bonheur la chance !* est un succès d'édition, et est classé dans les « Livres de l'année 2018 » par le magazine littéraire *Lire*.

# AURÉLIE VALOGNES

## ÉCRIVAINE FRANÇAISE

- **Née en 1983 à Châtenay-Malabry.**
- **Quelques-unes de ses œuvres :**
  - *Mémé dans les orties* (2014), roman
  - *Né sous une bonne étoile* (2020), roman
  - *Le tourbillon de la vie* (2021), roman

Aurélie Valognes est née en 1983 dans le département des Hauts-de-Seine, d'un père peintre automobile et d'une mère travaillant dans une école maternelle. Enfant, alors qu'elle vient d'apprendre à lire, elle annonce vouloir devenir écrivaine. Même si la littérature la berce durant toute sa vie, ce n'est qu'à 30 ans, alors qu'elle débarque en Italie pour le travail de son mari, qu'elle s'autorise enfin à écrire, débarrassée par la peur d'être jugée qui la paralysait en France. Son premier roman, *Mémé dans les orties*, est d'abord publié en autoédition en 2014, puis au Livre de Poche, où il se vend à plus d'un million d'exemplaires et est traduit dans une quinzaine de langues (anglais, allemand, coréen, mandarin, slovène, etc.). Entre 2016 et 2021, elle publie un roman annuellement, et rencontre à chaque fois un succès certain.

L'auteure aime observer la vie quotidienne pour retranscrire avec humour des histoires pleines d'émotions et d'espoir, qui mettent en lumière des personnages simples et attachants. L'écriture lui permet d'aborder des sujets qui lui tiennent à cœur, comme l'environnement, la solitude des personnes âgées, ou encore le droit des femmes. Très populaire auprès de toutes les générations, elle est suivie par près de trente-mille personnes sur les réseaux sociaux et a publié en ligne sa propre formation d'écriture en vidéo.

# RÉSUMÉ

## UN DÉPART SOUDAIN

Une nuit de juillet 1968, Marie décide de quitter son compagnon violent pour tenter sa chance à Paris. Elle embarque Jean, son fils de six ans, qu'elle laisse chez sa mère, Lucette. Elle promet au garçonnet de venir le rechercher dès qu'elle aura trouvé un logement pour eux deux dans la capitale. Jean est triste de cette absence, mais garde l'espoir de voir sa mère revenir très vite auprès de lui. Progressivement, il s'habitue à la vie auprès de sa grand-mère, aux visites presque quotidiennes au cimetière et à l'église, et profite de ses vacances d'été avec ses trois cousins et sa charmante tante Françoise.

Les jours et les semaines passent, et Marie ne revient pas. Un jour, elle envoie une carte postale à Lucette, lui annonçant que la vie chez ses cousins parisiens n'est pas idéale et qu'elle va prendre une chambre d'hôtel ; par conséquent, elle ne peut toujours pas accueillir Jean et demande à sa mère de l'inscrire à l'école primaire. Le petit garçon est effondré, car pour la première fois de sa vie, sa mère, qu'il idéalisait, le déçoit.

À la fin des vacances scolaires, Jean reçoit une lettre de Marie qui lui est adressée. Elle lui dit qu'elle l'aime, qu'il lui manque beaucoup et qu'elle fait tout pour pouvoir le ramener près d'elle le plus rapidement possible. Il veut lui répondre, mais elle n'a pas laissé d'adresse où la contacter.

# DÉCEPTIONS ET DÉSILLUSIONS

Jean fait sa rentrée à l'école primaire, en classe de onzième. Dès le premier matin, le maitre le met à la porte, car il n'a pas le cahier pour faire les exercices d'écriture, qui n'était pas noté sur la liste de fournitures scolaires. Il flâne dans le quartier et aboutit à la papeterie où il confie son souci à l'employée, qui lui offre le cahier en échange de quelques courses à vélo. L'après-midi, Jean retourne à l'école avec le cahier, mais son porteplume (offert par Lucette à grands frais) a été volé par des camarades de classe malveillants. Il est de nouveau puni par le maitre qui l'envoie en retenue.

Cependant, après quelques semaines, Jean commence à prendre plaisir à aller à l'école. Il reçoit de temps à autre des lettres de Marie qui répètent qu'il lui manque et qu'elle espère pouvoir l'accueillir à Paris bientôt. Un jour, Jean et Lucette reçoivent un fairepart : le cousin Michel est né, et ils sont conviés au baptême à Paris au mois de juin. Lorsque le moment est venu de se rendre à Paris, Jean embarque sa petite valise, persuadé qu'il restera là-bas auprès de Marie. À l'église, Jean aperçoit sa mère, qu'il trouve physiquement changée : ses cheveux sont désormais blonds pour imiter les actrices américaines et elle porte une tenue à la mode. Marie, quant à elle, ne le remarque pas. Mère et fils se retrouvent finalement à la salle des fêtes : Marie embrasse Jean rapidement et lui donne un paquet de bonbons avant de partir avec ses amies s'amuser en discothèque. Profondément déçu, Jean demande à rentrer en Normandie tout de suite.

# LE CAUCHEMAR PARISIEN

De retour à Granville, Jean est plongé dans une triste torpeur, refusant de lire les lettres de Marie et jetant les anciennes missives. Il ne l'appelle plus « Maman », mais « ma mère », dans une volonté de signifier tout le mépris qu'elle lui inspire et de s'en distancier. Lucette utilise le téléphone des voisines du dessus pour dialoguer avec Marie, et tenter de la convaincre de reprendre Jean, car elle ne peut plus l'assumer financièrement. Mais le garçonnet refuse de vivre à nouveau avec sa mère. Lucette décide alors de déménager dans un appartement plus moderne, avec l'eau courante et un réfrigérateur. Ce nouveau logement marque le début d'une nouvelle vie, et sort Jean de sa tristesse. Les mois passent, et le petit garçon est de plus en plus heureux de vivre avec sa grand-mère, et profite de beaux moments avec ses camarades d'école et avec ses cousins.

À l'automne 1972, le mari militaire de Françoise est muté en Allemagne, et toute la famille y déménage. Jean perd la compagnie de ses cousins, qu'il considérait comme ses frères, et de sa tante qui est une véritable seconde mère pour lui. L'été suivant, il part avec Lucette pour passer deux mois idylliques auprès d'eux à Baden-Baden. Mais la grand-mère prend de l'âge et s'affaiblit de plus en plus. Françoise propose à Marie d'accueillir Jean en Allemagne, pour soulager leur mère, mais Marie refuse.

Au retour de Lucette et Jean en France, Marie leur annonce qu'elle s'est installée avec un nouveau compagnon, dont elle a eu un second fils âgé de deux ans et demi (nommé Serge), et qu'elle est prête à reprendre Jean à ses côtés. Le garçon prie pour que sa mère ne vienne jamais, mais elle le ramène à Paris à la mi-septembre. Il découvre son nouveau lieu de vie, son petit frère qui ne parle pas encore et son beau-père porté sur l'alcool, et se sent déboussolé. À l'école, il est placé en classe de septième, alors qu'il devrait être en sixième puisqu'il avait sauté une classe ; tout lui semble très facile, mais la maitresse le considère comme un cancre parce qu'il utilise un vocabulaire plus provincial et se sert de ses deux mains pour écrire au tableau, car il est un gaucher contrarié. Dans le petit appartement, les adultes lui imposent la responsabilité de Serge sans lui demander son avis, au détriment de ses devoirs scolaires. Marie travaille comme serveuse et n'est disponible que le dimanche, ce qui déçoit beaucoup Jean qui espérait passer plus de temps avec elle. Il avait l'espoir de retourner auprès de Lucette pour les vacances de la Toussaint, mais elle est malheureusement trop faible pour le recevoir.

## FUITE VERS LE BONHEUR

Le soir de Noël, tous les frères et sœurs de son beau-père Gaston, ainsi que leurs enfants en bas âge, sont réunis dans le petit appartement. Jean est encore désigné responsable des enfants, mais il en a marre de jouer le baby-sitteur. Il part chercher des cigarettes à la demande de Gaston, et à son retour, il apprend que Serge a disparu. Il le retrouve peu de temps après, dans la salle de cinéma où les deux frères rêvaient souvent d'aller.

Ébranlé par cette mésaventure, Jean confie à sa mère qu'il est malheureux, et qu'il est déçu, car elle lui avait promis une belle vie auprès d'elle. Quelques jours après la rentrée scolaire de janvier, il décide de repartir pour Granville avec Serge. Il a pu économiser un peu d'argent en gardant la monnaie chaque fois que son beau-père l'envoyait acheter ses cigarettes, et il peut ainsi se payer un billet de train. À son arrivée, Mémé Lucette a pour réflexe de gifler l'enfant, avant de l'enlacer, car il lui a beaucoup manqué. Hélas, pour raisons financières et de santé, elle n'est pas en mesure de garder les enfants auprès d'elle, et appelle Marie, qui arrive le lendemain. Cependant, la jeune femme fait un malaise et est amenée à l'hôpital, où elle est admise aux soins intensifs pour une septicémie suite à un avortement clandestin. Jean refuse de la voir, et elle décède peu après à l'âge de 32 ans. Jean ne sait pas ce qu'ils vont devenir, mais promet à son frère de ne jamais l'abandonner. Lucette ne veut pas s'occuper d'eux à cause de son âge et de ses problèmes d'argent, et Gaston ne s'estime pas en état d'élever seul deux jeunes garçons. Lucette accepte alors de prendre les garçons chez elle, « pour toute la vie », c'est-à-dire jusqu'à sa propre mort, et Gaston retourne à Paris en sachant qu'il ne les reverra jamais, mais en promettant un soutien financier.

Lucette perd peu à peu des forces, et Jean s'occupe à la fois d'elle et de Serge. Un soir, elle s'effondre dans le couloir et Jean la relève. Elle lui avoue sur son lit de mort qu'elle le considère comme son huitième enfant, avant de décéder dans son sommeil quelques heures plus tard, un an à peine après la disparition de sa fille. Suite à la tragédie, la famille de Françoise revient en France et accueille les jeunes frères sous son toit. Jean, désormais un jeune homme, se rend compte qu'il est heureux, malgré les épreuves émotionnelles qu'il a traversées.

# ÉTUDE DES PERSONNAGES

## JEAN

Âgé de six ans au début du roman, Jean apparait comme un petit garçon ordinaire. Fils d'un père marin souvent absent, il a construit un lien très fort avec sa mère Marie durant les premières années de sa vie, et il idolâtre la jeune femme. Il ressent d'autant plus l'absence de celle-ci comme une trahison, surtout après l'épisode du baptême de son cousin à Paris où elle lui parle à peine avant de partir s'amuser avec ses amies, comme s'il n'avait aucune importance pour elle. Il se refuse dès lors à l'appeler « Maman », préférant dire « ma mère » pour prendre ses distances. Lors de son emménagement avec elle à Paris, il va jusqu'à l'appeler plusieurs fois par son prénom, avant de reprendre l'habitude de l'appeler « Maman ». Mais Marie le déçoit à nouveau par ses nombreuses absences.

Jean est un enfant rêveur, qui trébuche souvent, au grand dam de sa grand-mère Lucette. Il aime les animaux et dessiner. Malgré quelques difficultés d'écriture, puisqu'il est gaucher mais est forcé par le maitre d'école à écrire de la main droite, il se révèle si bon élève qu'il est même amené à sauter une classe. Jean est quelqu'un qui se lie facilement, que ce soit avec ses cousins qu'il n'avait pas vus depuis longtemps, avec sa voisine Anita, ou avec ses camarades de classe Thierry et Achille. Il est très souvent de bonne humeur, ce qui contraste avec la tristesse qu'il ressent, à l'âge de sept ans lorsqu'il se rend compte douloureusement que Marie ne reviendra pas le chercher, puis, à onze ans, lorsqu'elle l'amène à Paris vivre chez son beau-père qu'il ne connait pas.

À la fin du roman, Jean a bien grandi et s'occupe de Lucette affaiblie comme elle s'occupait de lui lorsqu'il était un jeune enfant. Étant le plus jeune de tous ses cousins, il découvre le rôle d'ainé avec Serge, son petit frère, qu'il prend sous son aile, promettant de ne jamais l'abandonner.

## MÉMÉ LUCETTE

Lucette est une vieille dame qui a donné naissance à sept enfants, dont Gabriel, qui est mort alors qu'il n'était qu'un très jeune enfant. Elle se rend toutes les semaines au cimetière pour se recueillir sur sa tombe, ainsi que sur la tombe de Marcel, son mari bienaimé décédé des années plus tôt. Il est pour elle très important d'honorer les morts, et elle inculque cette valeur à Jean, qui viendra s'occuper des tombes lorsque sa santé ne lui permettra plus de le faire elle-même. Très croyante, elle assiste à la messe régulièrement et souhaite que son petit-fils connaisse son catéchisme.

Si au début, la vieille dame peut apparaitre revêche par moments, refusant par exemple que Jean « pleurniche » à cause de l'absence de sa mère, ou ne l'aidant pas à se relever lorsqu'il trébuche, elle se révèle en vérité avoir un cœur en or. Elle ne compte pas les sacrifices pour son petit-fils, que ce soit sur le plan financier (elle dépense le peu d'argent qu'elle possède pour lui offrir un beau porteplume qui sera volé le premier jour d'école), le plan émotionnel (elle accepte de quitter son appartement qu'elle aime beaucoup pour un autre logement, plus moderne) ou sur le plan de la santé (elle accepte à deux reprises de le garder auprès d'elle alors que sa santé décline dangereusement). Il ne fait jamais aucun doute qu'elle aime tendrement Jean, et confirme sur son lit de mort qu'elle le considère comme son « huitième enfant ».

## MARIE

Dernière née de sa fratrie, Marie a grandi adorée par son père, qui est décédé durant son adolescence. Par esprit d'opposition, sa relation avec sa mère s'est plutôt construite dans une sourde animosité réciproque. Dès qu'elle est en âge de courtiser, Marie se tourne vers des hommes plus âgés qu'elle, et tombe enceinte du père de Jean, un marin quadragénaire qui a déjà un grand fils. En l'absence de son conjoint, elle développe un lien très fort avec Jean, et se sent très maternelle par rapport à lui. Son mari se montrant violent, elle décide de le quitter un soir de juillet et de chercher une nouvelle vie à Paris. Elle est attirée par ce que la capitale a à lui offrir, s'amuse avec ses amies et fait la rencontre de nouveaux amants avant de s'établir chez Gaston et de lui donner un fils, Serge.

Même si elle néglige Jean pendant de longues années, Marie n'est pas dépeinte comme une mauvaise mère, simplement une mère débordée par la vie. Lorsque son fils la rejoint à Paris, elle ne peut pas passer du temps avec lui, car elle travaille comme serveuse six jours par semaine, part avant qu'il ne se réveille et rentre bien après son coucher. Le dimanche, elle est bien trop fatiguée pour faire les promenades et les sorties au cinéma qu'elle a promises à ses enfants.

Marie est cependant une figure féministe avant l'heure, qui tente de s'affirmer en tant que femme à part entière dans une société où les femmes sont soit des mères, soit considérées comme des femmes légères et de mauvaise vie. Après sa séparation, elle tente véritablement de prendre les rênes de sa vie en main, et veut se trouver une situation et un logement à Paris pour y accueillir son fils. Mais la vie parisienne s'avère plus difficile que prévu pour elle, car elle ne correspond pas à l'image qu'elle s'en était faite depuis la province.

## SERGE

Le garçonnet est le fils de Marie et Gaston. Lorsque Jean les rejoint à Paris, Serge est âgé de deux ans et demi, et ne parle pas encore. Il est plus souvent chez la voisine du dessous, Mme Martinez, qui le garde la journée, que chez ses propres parents. Alors que Jean est forcé de s'occuper de Serge après l'école, sans qu'on lui demande son avis, une vraie relation de complicité nait entre les deux frères. Après sa fugue vers le cinéma, Serge prononce son premier mot : le prénom de son frère, preuve du lien particulier qui les unit.

Une fois de retour à Granville auprès de Lucette, puis de la famille de Françoise, Serge s'adapte à sa nouvelle vie. Même s'il demande encore à voir ses parents (sa mère décédée, et son père reparti à Paris sans la moindre intention de venir le rechercher), il se sent bien auprès de Jean, qui se jure de prendre toujours soin de lui et de ne jamais l'abandonner.

## TANTE FRANÇOISE

Sœur ainée de Marie, la tante Françoise est mère de trois garçons un peu plus âgés que Jean au début du roman (elle donnera naissance à trois enfants supplémentaires au fil du récit). Dès que Jean s'installe chez Lucette, sa tante prend une place importante dans sa vie. Le garçonnet passera plusieurs weekends chez elle, à jouer avec ses cousins et à cuisiner avec elle. Tout comme Lucette, elle joue un rôle de figure maternelle chez le jeune garçon abandonné et lui apporte toute l'affection et la douceur dont il a besoin.

Lorsque toute la famille déménage en Allemagne, Jean est très triste de perdre sa tante et ses cousins, pour qui il éprouve une affection grandissante. La famille rentre en France suite au décès de Lucette et recueille Jean et Serge. Grâce à sa tante Françoise, Jean obtient à la fin de roman une vraie vie de famille telle qu'il l'a toujours rêvée.

# CLÉS DE LECTURE

## L'ALLIANCE ENTRE L'HUMOUR ET L'ÉMOTION

Lorsque les critiques littéraires et les blogueurs se penchent sur un ouvrage d'Aurélie Valognes, ils s'accordent à dire que l'auteure est passée maitresse dans l'humour et l'émotion. Elle manie les deux avec brio, sans jamais tomber dans un humour burlesque ou farfelu ni dans un récit trop larmoyant. *Au petit bonheur la chance !* ne fait pas exception, et les moments drôles succèdent aux moments émouvants :

- **L'humour** apparait surtout à travers le personnage de Jean, lorsqu'il est encore âgé de six ans. Il se retrouve dans des situations cocasses (par exemple, lorsque sa grand-mère lui demande de lui apporter de l'estragon du jour et qu'il lui amène des carottes à la place) ou fait des erreurs de langages amusantes (« le général de Gaulle "a lancé la pelle" », p. 162, ou « tu as vendu la *Verge* Marie ? », p. 195). Ces moments d'enfant qui prêtent à sourire rendent le personnage principal d'autant plus attachant. L'humour dans le roman n'est donc pas forcé, mais est amené avec un grand naturel, par petites touches subtiles ;

- **L'émotion**, quant à elle, transparait surtout lors des scènes où Jean se trouve avec Marie. Au fil des premiers chapitres, la certitude du jeune garçon de retrouver rapidement sa mère n'est jamais ébranlée.

Lorsqu'il part pour Paris, il va jusqu'à prendre toutes ses possessions avec lui dans sa petite valise, tant il est certain qu'il ne reviendra pas en Normandie. La désillusion est d'autant plus cruelle lorsque sa mère lui prête peu d'attention, préférant partir s'amuser avec ses amies alors qu'elle ne l'a pas vu depuis près d'un an. La manière dont Aurélie Valognes décrit la tristesse qui remplit l'enfant donne au récit un caractère d'autant plus poignant. La relation entre Jean et Lucette, qui s'apprivoisent tout au long du roman, est construite pour rendre poignante la mort inévitable de la grand-mère aimante ;

- **Les titres des chapitres**, qui sont tous des expressions (souvent un peu vieillottes et peu usitées de nos jours) prêtent à sourire : par exemple, « Haut les mains, peau de lapin ! » (chapitre 61), « Quelle arsouille ! » (chapitre 41) ou encore « Beurré comme un P'tit Lu » (chapitre 50). Ces titres originaux apportent une once de légèreté alors que les personnages traversent parfois des situations fortes en émotions et provoquent un contraste entre l'humour et la tristesse. Ainsi, le terrible chapitre où Marie ignore presque son fils au baptême du dernier-né de la famille, se contentant de lui donner des bonbons avant de partir avec ses amies, s'intitule « Et les Mistral gagnants » : si, de nos jours, on penserait d'abord à la chanson de Renaud, il s'agit avant tout d'une confiserie populaire des années 1960.

Comme elle le confie sur son site Internet, Aurélie Valognes aime dépeindre des personnages réalistes qui sont placés dans des situations de la vie de tous les jours. Dès lors, il n'est pas surprenant de voir le roman se balancer continuellement entre le rire et l'émotion, comme un miroir de la vie réelle. Cette alliance savamment dosée contribue donc à apporter au roman un caractère d'autant plus réaliste et authentique. Les personnages évoqués pourraient être des personnes que le lecteur connait vraiment et les situations évoquées peuvent parler à n'importe qui : il n'est donc pas étonnant de voir Aurélie Valognes recevoir l'étiquette d'auteure « feel-good », un genre littéraire dont la spécificité est de résonner chez le lecteur grâce à des histoires simples, mais qui peuvent trouver écho chez tout le monde.

## L'ANCRAGE DANS LES ANNÉES 1960-1970

Dans les remerciements du roman, Aurélie Valognes avoue que l'intrigue est inspirée de l'histoire de son propre père, qui fut élevé dans les années 1960 par sa grand-mère. Même si l'histoire d'un enfant abandonné par sa mère aurait pu se dérouler durant n'importe quelle décennie, l'auteure choisit de rester fidèle aux évènements familiaux qui l'ont inspirée en plaçant son roman à la fin des années 1960 et au début des années 1970. Les éléments d'époque ne manquent pas et donnent au roman un cachet d'authenticité :

- **L'école**, telle qu'elle est décrite dans le roman, est fidèle à la réalité de l'époque : en province, les garçons et les filles vont dans des établissements séparés (Jean découvrira la mixité lors de son arrivée à Paris, à la rentrée 1972) ; les maitres sont sévères et n'hésitent pas à recourir à des punitions corporelles ; Jean est gaucher, mais forcé d'écrire de la main droite pour être « normal » et est stigmatisé pour sa différence ; enfin, il est considéré comme naturel (et même encouragé) pour les enfants les moins doués d'arrêter l'école à l'âge de 13 ans pour aller travailler ;

- **La religion et le catéchisme** sont omniprésents dans le début du roman. L'église fréquentée par Lucette est remplie de fidèles. Même si Jean n'affiche aucun intérêt pour la religion et le catéchisme, Lucette estime que ceux-ci devraient avoir une place de choix dans sa vie. Pour lui faire plaisir, Jean suit sa grand-mère à la messe sans rechigner. Lucette lui inculque d'ailleurs le respect des morts, en l'amenant régulièrement au cimetière sur la tombe de Marcel (son mari, le grand-père de Jean) et Gabriel (son fils, l'oncle de Jean – bien qu'il soit mort quand il était plus jeune que lui).

- **L'habitation de Jean et Lucette** est encore très rudimentaire, puisqu'ils ne disposent ni de l'eau courante ni de toilettes à l'intérieur. Ce n'est que lorsqu'ils déménageront dans un appartement plus moderne qu'ils y auront accès : ce que nous considérons de nos jours comme des éléments de base d'une maison étaient pour eux un véritable luxe. Leur nouvel appartement leur permet également d'acquérir pour la toute première fois un réfrigérateur et un téléphone. Jean peut alors profiter d'inventions modernes qu'il n'avait auparavant pu qu'admirer chez des voisins ou chez sa tante Françoise : cette nouvelle situation contribue à lui remonter le moral après la désastreuse rencontre avec Marie à Paris ;

- **Les références aux acteurs et aux chanteurs de l'époque** sont présentes et ramènent le lecteur dans un univers connu. Johnny Hallyday fait ses débuts (et déplait fortement à Mémé Lucette quand elle l'entend à la radio) et Jean et ses amis vont au cinéma pour admirer Clint Eastwood ou Yves Montand. Ces grands noms contribuent à placer le roman dans le contexte culturel particulier de l'époque, comme l'émergence du courant musical yéyé dans les années 1960 ou l'arrivée du western spaghetti en France ;

- **Paris** est encore opposée à la province (représentée dans le roman par la Normandie où résident Jean et Lucette). Pour Marie, Paris est la ville où tout est possible, où elle peut s'émanciper du joug de son mari pour devenir maitresse de sa propre vie, au lieu de s'enliser en province. Pour Jean, Paris est surtout une grande ville bien trop polluée. Lorsqu'il arrive dans une école parisienne, il découvre alors avec effroi que son statut de provincial, au vocabulaire parfois un peu décalé, lui vaut d'être considéré comme un cancre, lui qui était pourtant si bon élève. D'une certaine façon, Paris déçoit également Marie : elle a rejoint la capitale en espérant une meilleure vie pour elle et son fils, et elle se retrouve à travailler en tant que serveuse (comme elle l'était lorsqu'elle vivait en Normandie) pour une vie très similaire à celle qu'elle connaissait avant son déménagement.

Il apparait donc évident que l'auteure a effectué un travail de documentation de fond, et que chacun des détails d'époque évoqués renvoie à une réalité authentique et vérifiable. La distillation de ces détails au fil de l'intrigue (qui n'est jamais alourdie par de longues descriptions) permet au lecteur une véritable immersion dans les années 1960-1970 et le roman revêt alors un caractère profondément réaliste.

## LA CONDITION DES FEMMES

Dans les années 1960 et 1970, la condition des femmes est loin d'être aussi aisée que de nos jours. Si la révolution de mai 68 a provoqué quelques changements radicaux, les femmes peinent encore à s'émanciper et à prendre leur place en tant que femmes dans la société. Le personnage de Marie dénonce la dichotomie qui emprisonne les femmes, soulignant qu'elles ne peuvent être que « mère » ou « femme légère », sans aucun entredeux. De cette façon, Marie devient, par son parcours tout au long du roman, la représentante de la condition précaire des femmes dans les années 1960 et 1970 :

- **L'omniprésence du patriarcat** fait partie du quotidien de Marie dès son plus jeune âge. Dernière-née d'une fratrie de cinq garçons et deux filles, elle est adorée par son père qui accède à ses moindres caprices. À la mort de celui-ci, alors qu'elle est adolescente, elle se tourne vers des hommes plus âgés, et finit par s'enfermer dans une relation avec le père de Jean. Mais le patriarcat l'enferme dans son rôle de femme et d'épouse : elle est supposée se dévouer entièrement à son fils, tout en obéissant au doigt et à l'œil à son mari, dont elle doit s'occuper en permanence quand il est présent à la maison. Féministe avant l'heure, Marie quitte la province pour Paris et abandonne Jean auprès de sa mère pour pouvoir s'émanciper de ce carcan masculin ;

- **Le refus de vivre la même vie que sa sœur** est présent très tôt chez Marie. Elle voit Françoise, plus âgée qu'elle, se marier et avoir des enfants très jeunes. Ce genre de vie n'attire pas Marie, qui se voit avant tout comme une femme libre. Mais la naissance de Jean, non prévue, scelle provisoirement ses rêves de liberté, et pendant quelques années, elle rentre dans le rang, comme la société souhaite qu'elle le fasse. Son départ pour Paris marque le début de sa recherche – en partie infructueuse – d'une vie qu'elle souhaite vivre pour elle-même, au lieu de la vivre pour les autres ;

- **La société des années 1960 et 1970 a une vision binaire des femmes**. La femme doit être une mère de famille aimante, qui reste à la maison pour s'occuper de son mari et de ses enfants, comme le fait Françoise. Lorsque le mari de celle-ci est muté en Allemagne, la question ne se pose même pas de savoir si elle veut le suivre ou non : elle doit le suivre. Toute femme qui dérogerait au schéma de la mère de famille est alors considérée comme une femme de mœurs légères, peu fréquentable. Ainsi, lorsque Marie quitte Jean pour Paris, elle quitte son statut de mère, et pendant quelques années sera vue comme une « femme légère » qui aura quelques aventures, avant de s'établir avec Gaston et de devenir à nouveau mère. Marie dénonce cette vue archaïque de la société, qui n'accepte pas d'entredeux : pourtant, c'est dans cette position intermédiaire de mère, mais libre de vivre sa vie, qu'elle aimerait se positionner ;

- **La volonté de vivre pour elle-même** est donc ce qui guide Marie lors de ses premières années à Paris, expliquant son peu d'intérêt pour Jean durant cette période. Elle se donne un nouveau look pour ressembler aux actrices américaines populaires, elle se trouve des amies avec qui elle peut s'amuser en discothèque. D'une certaine façon, elle cherche à découvrir qui elle est en tant que femme, en marge de ce que la société lui dit qu'elle devrait être. Une fois qu'elle a fait le tour des amusements parisiens, elle se remet dans une relation de couple sérieuse et a un second enfant, retrouvant ainsi son statut de mère ;

- **L'interdiction de l'avortement** est ce qui coutera la vie à Marie. Un an à peine avant que celui-ci soit légalisé, la jeune femme meurt d'une septicémie suite à un avortement clandestin. Elle est alors enceinte d'un troisième enfant, qu'elle ne souhaite pas garder, pour plusieurs raisons : leurs finances ne sont pas au beau fixe, l'appartement parisien est déjà trop petit pour quatre et elle n'a déjà que peu de temps à consacrer à ses deux fils. Marie, la combattante féministe, la femme qui souhaite s'émanciper avant l'heure, devient alors victime d'une société patriarcale qui n'autorise pas les femmes à disposer de leur corps comme elles le souhaitent, mettant ainsi leur vie en danger.

Marie, bien que peu présente dans le roman, est donc un personnage important, qui joue le rôle crucial de dénoncer la problématique de la condition des femmes dans les années 1960 et 1970. Sa lutte pour s'émanciper en tant que femme et sa mort, tragique et évitable, démontrent que beaucoup de progrès étaient à faire à l'époque sur la question du droit des femmes et de leur place dans la société.

# PISTES DE RÉFLEXION

## QUELQUES QUESTIONS POUR APPROFONDIR SA RÉFLEXION...

- Commentez la citation de Mémé Lucette : « On ne choisit pas les surprises de la vie [...], on fait avec, et souvent, c'est pour le meilleur » (p. 232).

- Pour justifier son absence auprès de Jean, Marie dit que « quand on est une femme, on nous autorise soit le rôle d'épouse pondeuse, soit celui de femme légère, égoïste » (p. 312) : commentez cette citation en vous raccrochant à des exemples concrets du roman.

- Étudiez l'évolution du sentiment maternel chez Marie, entre le moment de son départ pour Paris et sa mort.

- Comparez l'expérience scolaire de Jean en Normandie à son expérience à Paris : quelles sont les plus grandes différences entre l'éducation provinciale et celle de la capitale ?

- Étudiez l'importance des trois cousins (Gabin, Gautier et Gustave) dans l'évolution de Jean.

- Comment les personnages secondaires contribuent-ils au caractère authentique du roman ?

- Selon vous, quel est l'effet recherché en plaçant l'histoire dans les années 1960-1970 plutôt que de nos jours ?

- Étudiez l'évolution de la relation entre Jean et Lucette, de son arrivée chez la vieille dame en pleine nuit à la mort de celle-ci.

# POUR ALLER PLUS LOIN

## ÉDITION DE RÉFÉRENCE

- VALOGNES A., *Au petit bonheur la chance !*, Paris, Le Livre de Poche, 2019.

## SOURCES COMPLÉMENTAIRES

- « *Au petit bonheur la chance !* » *d'Aurélie Valognes*, sur le blog Sans Contrefaçons je suis un garçon, consulté le 20 novembre 2021, URL : https://sanscontrefa-conjesuisungarcon.wordpress.com/2018/05/18/au-petit-bonheur-la-chance-daurelie-valognes/.

- Site officiel d'Aurélie Valognes, consulté le 20 novembre 2021, URL : https://aurelie-valognes.com.

*Votre avis nous intéresse !*
*Laissez un commentaire sur le site de votre librairie en ligne*
*et partagez vos coups de cœur sur les réseaux sociaux !*

# lePetitLittéraire.fr

- un résumé complet de l'intrigue ;
- une étude des personnages principaux ;
- une analyse des thématiques principales ;
- une dizaine de pistes de réflexion.

**Retrouvez
notre offre complète sur
lePetitLittéraire.fr**

www.lepetitlitteraire.fr

ISBN version numérique : 9782808026031
ISBN version papier : 9782808026048
Dépôt légal : D/2021/12603/142

Conception numérique : Primento,
le partenaire numérique des éditeurs.